Lágrimas
DE UNA
GUERRERA

Nota: En pleno conocimiento de las reglas de gramática, la autora adoptó en este libro la palabra Guerrera con letra mayúscula para distinguir sus definiciones y el mensaje de su ministerio.

Editado por: Ofelia Pérez
Diseño portada y diagramación: Lord & Loly Graphics Designs
Arte "The Child Within" en la página 105 de Michele Molina

LÁGRIMAS DE UNA GUERRERA
Detrás de cada mujer fuerte, hay una historia de dolor

ISBN: 978-0-578-72585-7
Impreso en Puerto Rico.
© 2020 por Janice Rodríguez

email: palabrasdeguerrera@gmail.com
web: www.palabrasdeguerrera.com
[f] [o] palabrasdeguerrera